MW01277493

La flaca y el gordo

José Luis Olaizola

Primera edición: septiembre 1994
Duodécima edición: diciembre 2003

Colección dirigida por Marinella Terzi
Ilustraciones: Jesús Gabán

Impresores, 15 – Urbanización Prado del Espino
28660 Boadilla del Monte (Madrid)

ISBN: 84-348-4402-8
Depósito legal: M-50577-2003
Preimpresión: Grafilia, SL
Impreso en España/*Printed in Spain*
Orymu, SA - Ruiz de Alda, 1 - Pinto (Madrid)

A Carmen Reigada,
gran lectora.

1

MATEO Chamero era un chaval de ocho años que un día se encontró con que tenía tres problemas, a cual más inquietante.

El primero de todos fue que su madre decidió que estaba muy gordo y que tenía que adelgazar.

Pero para ser exactos, la que estaba muy gorda era ella, que fue la que dijo:

—¡Esto no puede ser! En esta casa no se piensa más que en comer. Así estamos los tres tan gordos.

Se refería también al padre de Mateo, que estaba grueso, sí, aunque menos que la madre.

—O sea —determinó—, que se acabó lo de comer garbanzos, judías y lentejas.

Al principio, a Mateo le pareció una buena idea porque no le gustaban demasiado los cocidos. Lo malo fue cuando su madre se empeñó en que sólo podían comer verduras o pescados muy sosos, que no sabían a nada, o, con suerte, algún filete muy delgadito a la plancha.

—¡Pero, mamá —protestó desesperado Mateo—, si a mí no me importa estar gordo!

—¡Pero a mí sí! —replicó la madre, que era muy enérgica.

—¡Pues entonces adelgaza tú! —le contestó a su vez Mateo, que era bastante descarado.

A la madre le hizo gracia la salida y le aclaró en plan cariñoso:

—Quiero decir que a mí sí me importa que estés gordo. ¿O es que de mayor quieres ser como tu padre?

—¡Claro que quiero ser como papá! —le contestó Mateo, que se sentía muy orgulloso de su padre, pues era nada menos que capitán del cuerpo de bomberos.

—¿Tan gordo? —le insistió ella.

La verdad es que era un asunto que a Mateo le traía sin cuidado. Cierto que en el colegio algunos le llamaban *la gorda Chamero* o *King Kong Chamero*, pero no le importaba demasiado. Cierto, también, que corría un poco menos que los otros chicos cuando jugaban al fútbol; pero en cambio le respetaban bastante, pues a nada que les diera un empujoncillo los tiraba al suelo.

Este problema, que parecía una tontería, cada vez se hizo más grave. Y raro era el día en que a la madre no se le ocurría prohibirles un nuevo alimento porque engordaba. Tenía muchas amigas, también gordas, que siempre estaban dando consejos sobre lo que no se podía comer. Horrible.

EL SEGUNDO PROBLEMA también se presentó de repente. Los Chamero vivían en un barrio a las afueras de la ciudad, en el que había edificios de pisos pero también pequeños chalés. Y a uno de estos últimos se vino a vivir un señor mayor, misterioso, dueño de un perro gigantesco que ladraba como enloquecido cada vez que Chamero pasaba por su calle.

No le quedaba más remedio que pasar por allí para ir al colegio. Y a Mateo, con todo lo forzudo que era, los perros le daban terror. Mejor dicho, le aterraban casi todos los animales. En eso había salido a su madre, que si veía una lagartija daba unos alaridos que ponían los pelos de punta al más templado.

El padre, que, como buen bombero, era muy valiente, le razonaba a su hijo:

—Pero ¿cómo te puede dar miedo una lagartija que no tiene ni el tamaño de un dedo tuyo? ¿Qué te va a hacer semejante insignificancia de animal?

—Y entonces ¿por qué les tiene miedo mamá? —le objetaba Mateo.

—Mira, hijo —le explicaba el padre, que era muy pacífico—, tu madre tiene muchas virtudes, pero es un poco nerviosa. Y cuando se le disparan los nervios...

La madre, muy comprensiva, le daba la razón al padre y admitía que era ridículo tener miedo a los animales... excepto a los perros. Y se ponía a contar historias de perros que habían mordido ¡hasta a sus dueños!

—¡Pero, mujer —se enfadaba el padre—, eso será un caso entre un millón! Aunque no digo que no haya casos de perros que se vuelvan locos. Pero eso es lo excepcional.

De poco consuelo le sirvió esa explicación a Mateo, porque llegó a la conclusión de que el perro del vecino era, sin duda, una de esas excepciones.

Si lo de no comer iba mal, lo del perro, peor todavía. El animal cada día se mostraba más furioso. En cuanto le veía se ponía a ladrarle, con los ojos inyectados en sangre y mostrando unos colmillos amenazadores. Golpeaba con su enorme cabeza contra una alambrada del jardín, y ésta se iba doblando poco a poco. A Mateo le parecía que cualquier día la rompería y podría abalanzarse sobre él.

Aunque le daba vergüenza reconocer el pánico que le inspiraba aquel animal, decidió hablar con su madre y contarle lo que pasaba.

—Mamá, tendrías que hablar con su dueño, ¡porque mira que como se escape un día!

La madre estaba haciendo un guiso de puerros con vinagre, que le había dicho una amiga que no engordaba ni un gramo, y le contestó distraída:

—No creo que se escape.

Mateo no entendía nada de la vida. Su madre estaba preocupadísima porque pesaba unos kilos de más y, en cambio, no le importaba que a su hijo le atacara un perro salvaje.

A TANTO LLEGÓ LA COSA que decidió comentárselo a Antonio Ramírez, su mejor amigo y compañero de clase. Éste se lo tomó muy en serio y le dijo:

—No me extraña que estés preocupado. Hay perros que son capaces de matar a un niño.

Y como era muy decidido, ese mismo día, en clase de Conocimiento del Medio, le preguntó al profesor:

—Oiga, profe, Chamero dice que cerca de su casa vive un perro que está loco. ¿Es verdad que un perro puede volverse loco?

Antes de que el profesor pudiera contestar, algunos alumnos se pusieron a opinar. Los que tenían perros y estaban encariñados con ellos dijeron que eso era imposible, pues el perro es el mejor amigo del hombre. Pero otros no estaban de acuerdo y contaron casos de perros terribles, que mordían a cualquiera que se les pusiera por delante.

—Vamos por partes —dijo el profesor

poniendo orden en la clase—; con los perros hay que tener cuidado. Un perro que esté bien enseñado no tiene por qué crear problemas. Pero, a veces, los dueños se aburren de ellos, los abandonan o no les dan de comer, y entonces los animales tienen que matar para alimentarse. También hay dueños que los educan para que sean muy fieros y los defiendan, y ésos pueden acabar siendo peligrosos.

—Pero —insistió Antonio Ramírez— aunque sea un perro bien cuidado, ¿puede volverse loco?

—Es muy difícil, pero no imposible —concluyó el profesor.

Con lo cual Mateo quedó tan preocupado como antes. Mejor dicho, un poco más, porque Jacinta, también vecina y muy amiga, le dijo al terminar la clase:

—Ya sé de qué perro hablas. Es un snaucer negro. Mi tía dice que por las noches se escapa a perseguir gatos.

—¿Para comérselos? —preguntó Mateo, sin poder disimular un temblor en la voz.

—Supongo —contestó la chica.

—Pues si se escapa de noche, también se podrá escapar de día — razonó Mateo.

—Supongo —volvió a repetir Jacinta con la tranquilidad que le daba el vivir bastante lejos de tan fiero animal.

—¡Parece que no sabes decir otra cosa! —se enfadó Mateo, viendo lo poco que les preocupaba su suerte.

Pero Antonio Ramírez, que era muy reflexivo, le aconsejó:

—Tú lo que tienes que hacer es conseguir un buen palo y amenazarlo con él. Fíjate en los circos: los domadores, con una varilla de hierro, pueden hasta con los leones. Basta que se la enseñen y los animales retroceden.

A Mateo le gustó la idea y decidió ponerla en práctica. Pero ese mismo día se le presentó el tercer problema.

A PRIMERA HORA DE LA TARDE apareció el director en la clase con una niña de la mano. El director, que era un señor muy serio y bastante callado, en esta ocasión se mostraba muy dulce con la niña, haciéndose el simpático. Algo poco corriente.

—A ver, chicos y chicas, aquí viene una nueva alumna. Quiero que me la cuidéis muy bien.

En el colegio estaba claro que los que cuidaban de los niños eran los profesores. Por eso les extrañó que el director les pidiera que cuidaran de aquella niña tan rara. Resultaba rara porque, aunque no hacía frío, llevaba un anorak bastante grueso y la cabeza se la cubría con un gorro.

—Vamos a ver dónde sentamos a Ana Echeverría, porque quiero que sepáis que esta preciosidad se llama Ana Echeverría —continuó el director.

Aquel comentario los asombró más aún, porque la niña de preciosidad tenía poco. Quizá lo fuera, pero no se podía saber pues, entre el gorro y que mantenía la cabeza inclinada, apenas si se le veía la punta de la nariz. Y lo poco que se veía mostraba un color muy pálido, sin ningún atractivo.

El director, sin soltar a la niña de la mano, echó una ojeada la clase, buscando un buen sitio para su protegida, y su mirada se detuvo en Mateo Chamero.

—¡Vaya! —exclamó con alegre sorpresa—. Tenemos un sitio libre junto a Chamero, gran muchacho.

Efectivamente, los pupitres eran de dos plazas y, a causa de su gordura, Mateo ocupaba uno él solo.

—¡Ja, ja, ja! —rió el director, que seguía simpático a más no poder—. Ana estará muy bien junto a Chamero, que, como todos los gordos, es pacífico y buena persona.

Mateo no salía de su pasmo, ya que como no era de los mejores alumnos del colegio, el director no tenía muchas oportunidades de decirle cosas agradables. Por eso puso cara de extrañeza, y el

director, un poco apurado, le dijo en tono de disculpa:

—Oye, ¿no te importará que te haya llamado gordo?

—A mí no —le contestó el chico—; a la que le importa es a mi madre.

—¿Cómo dices? —se extrañó el director.

—Que a mi madre sí le importa el que yo esté gordo. Bueno —aclaró— , y también el estar gorda ella.

Al director, con lo contento que estaba, le dio un ataque de risa, esta vez de verdad, y a sus risas se unieron las de todos los de la clase. A Mateo no le importó, porque le gustaban mucho las bromas y el que la gente se riera.

LO MALO FUE CUANDO LLEGÓ A CASA por la tarde. Se encontró a su madre hecha una furia.

—Pero ¿cómo se te ocurre andar diciendo por ahí que estoy gorda?

De momento Mateo no cayó en la cuenta, hasta que se acordó de lo ocurrido en clase.

—Sólo lo he dicho en el colegio —le explicó a modo de disculpa.

—¿Y te parece poco? —se encrespó ella—. ¿No ves que como conozco a todas las madres, sus hijas ya les han ido con el cuento?

Eso era verdad, porque el barrio no era muy grande y se conocían casi todos los vecinos. Pero como Mateo no tenía mucho miedo a su madre, le replicó:

—¿Y qué tiene de malo el estar gordo? El director me ha felicitado hoy por estar gordo y ha dicho que los gordos somos mejor gente.

—¡Pues dile al director que no se meta donde no le llaman! —fue la furiosa respuesta de la madre.

—Bueno —le dijo Mateo muy tranquilo—, mañana se lo diré.

La madre le prohibió con otro grito que lo hiciera. Y, mientras tanto, el padre se partía de risa. Con lo cual Mateo confirmó, una vez más, que la gente mayor era muy complicada. Lo que le parecía bien al director, le parecía fatal a la madre, y lo que a ésta le hacía sufrir, a su padre le hacía reír. Un lío.

Lo bueno que tenía su madre es que pronto se le pasaba el enfado. Por eso, cuando estaban cenando los tres, ella preguntó ya en otro tono:

—¿Y por qué habéis tenido que hablar en clase de mi gordura?

—Es que ha llegado una niña muy rara, ¡ésa sí que está delgada, mamá, a ti te encantaría!, y la han sentado en mi pupitre.

A la madre se le cambió la cara y, con aire preocupado, le preguntó:

—¿Se apellida Echeverría?

—Sí, ¿la conoces? —se extrañó Mateo.

—Conocemos a sus padres —y añadió, dirigiéndose a su marido—: Ya sabes quién es. La hija de Pedro y Juana. Pobrecilla. Ha estado muy enferma. Más de un año en un hospital.

—Pues yo creo que sigue enferma —les explicó Mateo—. En la cabeza lleva siempre un gorro y el anorak no se lo quita ni en clase.

—Ya —dijo la madre—. Es que tiene una enfermedad de la sangre muy mala. Debe cuidarse mucho. No le conviene coger catarros, ni ninguna infección. Para ella sería peligroso.

El padre asentía a cuanto decía la madre, también con aire grave, y para concluir recomendó a su hijo:

—Ya la puedes cuidar.

2

A Mateo le parecía muy bien que todos confiaran en él para cuidar de aquella niña, pero no se le ocurría cómo.

De buenas a primeras, quien necesitó ayuda y cuidados fue él, por culpa del condenado perro. Siguiendo los consejos de Antonio Ramírez, consiguió hacerse con un palo tan largo que podía pasar por una lanza. Se imaginó que era un caballero medieval, y aquella mañana salió de su casa galopando, lanza en ristre, camino del colegio.

Ramírez le había dicho que en cuanto el perro viera el palo, se asustaría y se largaría con el rabo entre las piernas.

—En ningún caso —le advirtió su buen amigo— le pierdas la cara al animal. No vaya a pensar que le tienes miedo.

—Pero es que se lo tengo —le confesó humilde Mateo.

—Ya. Pero que no se dé cuenta. Si es necesario, le amenazas con el palo.

Así lo hizo. Al llegar frente a la temida casa, se irguió como supuso que haría un caballero medieval en semejante situación, mostrándole al animal el palo-lanza. Lo único que consiguió fue que el perro se pusiera a ladrar con más furia que nunca. Así que Mateo, con gran decisión, volvió a amenazarlo con la vara.

Fue visto y no visto. El perro, con sorprendente agilidad, dio un salto y sacando su enorme cabeza por encima de la valla, trincó el palo con los dientes. A continuación lo hizo crujir entre sus mandíbulas, como si fuera turrón de guirlache.

Mateo, del susto, perdió el equilibrio y

cayó de espaldas. Intentó levantarse para echar a correr, esta vez como un caballo de verdad, pero volvió a caer y se hizo una herida de regular tamaño en la rodilla derecha. En tan lastimoso estado llegó al colegio y lo primero que hizo fue increpar a su amigo:

—Conque un palo, ¿eh?

Y le contó lo sucedido. Pero, cosa curiosa, no le prestaron demasiada atención porque Jacinta, su vecina y amiga, acababa de hacer un descubrimiento asombroso: la niña nueva no se quitaba el gorro nunca porque estaba calva.

—¿Calva? ¡Qué asco! —fue lo primero que se le ocurrió decir a Mateo.

—Asco... ¿Por qué? ¡Pobrecilla! —la defendió Jacinta.

Antonio Ramírez, tan sesudo como siempre, les explicó:

—Es que tiene una enfermedad de la sangre, y a todos los que la padecen les tienen que dar rayos y unas medicinas que hacen que se les caiga el pelo.

—Pero ¿les vuelve a salir? —se interesó Jacinta.

—Sí; bueno, eso si no se mueren antes.

Mateo se quedó horrorizado. Encima de los problemas que tenía, ahora debía compartir el pupitre con una niña que se podía morir en cualquier momento.

LO DE COMPARTIR EL PUPITRE resultó bastante complicado. Entre lo gordo que estaba Mateo y el anorak de la niña, relleno de plumas, apenas si cabían los dos. Mateo se sentó lo más apartado posible, porque le entró la preocupación de que aquella terrible enfermedad pudiera ser contagiosa. Hasta se lo comentó a Ramírez, que dictaminó:

—No creo; si fuera contagiosa no la dejarían venir al colegio.

Pero, por si acaso, Mateo se pasó todo el día sentado en la esquina del banco. La niña parecía muy callada, con la cabeza gacha, excepto cuando hablaban los profesores. Entonces se quedaba con la boca abierta, mirándolos muy fijo, como admirada de todo lo que decían. Los profesores le hacían más caso que a los otros niños y, a veces, le preguntaban:

—¿Lo entiendes, Ana, guapa?

Y si la niña negaba con la cabeza, se lo volvían a explicar. Si lo entendía, se limitaba a asentir con la cabeza, como si no supiera hablar. A Mateo no se le ocurría cómo podía ayudar a una niña que no hablaba. Menos mal que la rodilla le dolía tanto que hasta se olvidaba de su vecina de mesa.

Según avanzaba el día le molestaba más, y como la herida le sangraba de vez en cuando, decidió cubrírsela con el pañuelo. Y en ese momento pudo comprobar que Ana Echeverría no era muda.

—Oye —le dijo la niña en un susurro de voz—, si te pones ese pañuelo tan sucio se te infectará la herida.

Mateo miró el pañuelo, que a él le parecía que estaba bastante limpio, y preguntó muy fino a la chica:

—¿Tú crees que está sucio?

—Asqueroso —musitó Ana.

Mateo se quedó cortado ante la salida de aquella mosquita muerta. Ella, sin más comentarios, abrió una cartera casi más grande que ella, toda llena de libros y cuadernos, muy bien ordenados, y le dio un pañuelo de tela fina, recién planchado. Además, olía muy bien.

—Pero te lo voy a manchar de sangre —fue lo único que se le ocurrió decir a Chamero.

La niña se limitó a encogerse de hombros, y así fue como comenzó la extraña relación entre la flaca y el gordo.

PRONTO SE DIO CUENTA MATEO de que aquella niña con aire de despistada se enteraba de todo. Hasta de su problema con el perro. Él sólo lo comentaba

con Antonio Ramírez y con Jacinta. Y fue a esta última a quien se le ocurrió una idea casi peor que la del palo.

—Está claro —le dijo Jacinta— que ese perro la ha tomado contigo. Lo mejor es que pases por el chalé lo más deprisa posible. ¿Por qué no vas en bici a todo gas?

Como Mateo confiaba mucho en sus amigos, le hizo caso.

A la mañana siguiente montó en su bici de carreras, tomó impulso y... cuando el animal vio aparecer la bicicleta, se puso como loco. Se lanzó con tal furia contra la alambrada que Mateo no dudó que, en esta ocasión, la destrozaba. Consecuencia: tanta prisa se quiso dar en escapar que fue a parar al suelo, haciéndose otra herida, esta vez en la rodilla izquierda.

Lloró de rabia y de dolor y entró en el colegio sin querer hablar con nadie. Ana Echeverría le echó una mirada de las suyas, de niña modosita, y se limitó a preguntarle:

—¿Qué pasa? ¿Es que tú te caes todos los días?

Y sin más explicaciones, le alargó otro pañuelo tan limpio y fragante como el del día anterior.

De enfadado que estaba ni le dio las gracias. Al rato le volvió a preguntar la niña:

—¿Cómo se llama ese perro que te ladra tanto y te da miedo?

—¿Y quién te ha dicho a ti que me da miedo? —preguntó a su vez Mateo de malos modos.

Ana se encogió de hombros, en un gesto muy suyo, sin contestarle.

—Y, además, si me da miedo, ¿qué? —le increpó Mateo desafiante—. ¿Es que a ti no te dan miedo los perros locos?

La niña se lo pensó y contestó en un susurro:

—A mí lo único que me da miedo es ir al hospital.

Sin habla se quedó Mateo ante una noticia tan triste. Sintió una cosa por dentro y no le quedó más remedio que preguntarle:

—¿Y por qué te da tanto miedo?

—Me ponen inyecciones.

—Pues a mí una vez me pusieron una y no me dolió —le dijo Mateo para consolarla.

—¿Dónde te la pusieron? —se interesó la niña.

—Aquí —le contestó Mateo señalándose una nalga.

—En el culo no duelen nada —le aclaró la niña—; ni en el brazo tampoco. De ésas me ponen muchas. Lo malo es una que me ponen en un hueso de aquí.

Y se señaló la columna vertebral. Mateo pensó que aquél era un sitio horrible para poner inyecciones.

—Jo, qué faena —fue lo único que se le ocurrió decir. Y añadió como para darle ánimos—: Pero ya no estás en el hospital...

—No —admitió la niña—, pero tengo

que volver todos los miércoles para esa inyección. Hasta que llegue el verano.

A Mateo no se le ocurría decir nada más sobre un asunto tan desagradable, y fue la niña quien volvió a preguntar:

—Pero ¿cómo se llama el perro ese? Si a un perro le llamas por su nombre es más fácil hacerse amigo suyo.

Aunque Mateo se fiaba ya poco de los consejos de sus compañeros, fingió que le parecía una buena idea y dijo que se enteraría del nombre de aquella fiera. Lo hizo para que la niña no siguiera pensando en cosas tristes.

3

DESDE ese día comenzó para Mateo una época muy rara. Por una parte le gustaba estar con la niña nueva porque contaba cosas muy interesantes; pero, a la vez, le daba miedo sentarse junto a alguien que podía morirse de un día para otro.

Sobre todo los miércoles se sentía angustiado. Cuando Ana volvía, hacia media mañana, Mateo la miraba con mucha atención para ver si había llorado. A veces le preguntaba:

—¿Te ha dolido mucho?

—Un poco, pero luego mamá me ha

invitado a tomar tortitas con nata, que es lo único que me gusta.

—¡Qué suerte tienes! —le decía Mateo, en parte para animarla y en parte de corazón—. A mí, en cambio, no me dejan tomar dulce. Dice mamá que estoy muy gordo. Apenas me dejan comer y siempre estoy con hambre. Una desgracia.

—Pues yo nunca tengo hambre —le replicó la niña— y siempre me están obligando a comer. Eso sí que es desgracia.

El que ambos fueran desgraciados, aunque justo por lo contrario, los unió mucho.

A partir de ese día Ana Echeverría, a la hora del recreo, se sacaba de su maravillosa cartera un bollo con crema y se lo daba a Mateo. El chaval estaba encantado con aquella moda, hasta que se enteró Jacinta.

—¡Serás cerdo! —le increpó bastante enfadada—. ¡Comerte la merienda de Ana!

—¡Pero si es que ella no la quiere!

Nunca tiene hambre —se disculpó Chamero.

—¡Pues aunque no tenga hambre, tiene que comer! ¿No ves que si no come, nunca se pondrá buena?

Mateo se quedó desolado porque echó la cuenta y llevaba quince días comiéndose el bollo de la niña. Sólo de pensar que, por su culpa, pudiera pasarle algo malo, se le quitó el apetito. Aquella misma tarde, muy enfadado, le dijo a Ana:

—¡Ya te estás comiendo el bollo y sin dejar una miga!

A la niña se le llenaron los ojos de lágrimas, pero comenzó a comer, muy despacio. Se le hacía una bola en la boca, como si no pudiera tragar. Por su parte a Mateo se le puso un nudo en la garganta, porque se dio cuenta de que era mucho peor no tener hambre que tener demasiada, como él.

Al día siguiente, Ana no fue al colegio y Mateo estuvo muy inquieto, hasta que Jacinta le explicó:

—No ha venido porque hace mucho frío, y Ana no se puede acatarrar.

Así se pasaron tres días, y al cuarto, que lució un sol muy hermoso, apareció de nuevo Ana y ocurrieron dos cosas sorprendentes.

La primera fue que a la hora del recreo, Ana, con una sonrisa misteriosa, abrió su superordenada cartera y sacó dos bollos de crema.

—Uno para cada uno —le informó a Mateo alargándole el suyo.

—¡Ni hablar! —dijo éste, temiendo que se enterara Jacinta y le volviera a reñir.

—No seas chorras —le replicó la niña, que, cosa curiosa, a veces era bastante mal hablada—. ¿No ves que en mi casa me dan toda la comida que quiero? Si no puedo con un bollo, ¿cómo voy a comerme dos?

A Mateo le resultó tan razonable aquello —y tan apetitoso el bollo rebosante de crema— que le dijo en tono de persona mayor:

—Bueno. Me lo como si me juras que tú te comes el tuyo.

—Vale —admitió la otra.

Y desde aquella tarde se sentaban uno enfrente del otro, cada uno con su bollo. Por su gusto Mateo se hubiera zampado el suyo de un par de bocados, pero lo deglutía lentamente, como su amiga. Y si ésta se ponía melindrosa, Chamero la amenazaba con no comérselo tampoco él.

—Menudo chollo que has encontrado —le dijo Jacinta cuando se enteró del trajín que se traían con los bollos.

—Te advierto —le replicaba Mateo— que yo me lo como para que se lo tome ella también.

—¡Valiente cara que tienes! —se reía Jacinta.

SEGUNDA SORPRESA: Ana le pidió que le explicara las lecciones de los días que había faltado a clase; pero como Mateo era un estudiante regular, se acordaba poco y mal. Entonces la sorprendida fue la niña:

—Si tú no faltas nunca a clase, no comprendo cómo sabes tan poco. Debes de ser muy burro.

Aunque Mateo ya se iba acostumbrando a las salidas de su amiga, en esta ocasión se picó y le replicó:

—No es que sea burro, es que no me interesa el colegio.

—¿Que no te gusta el colegio? —le preguntó la niña en el colmo de la sorpresa—. A mí, lo que más del mundo.

—Claro, porque vienes poco —se le ocurrió decir a Chamero.

—A ver si te crees que es por mi gusto —le soltó la niña.

Y lo dijo en un tono tan sentido que el chaval se sintió a disgusto. A partir de ese día, si Ana faltaba a clase Mateo procuraba estar muy atento a lo que decían los profesores, para quedar bien con ella.

A TODO ESTO, Ana seguía empeñada en que Mateo se enterase del nombre del temible perro. Pero no hubo forma; su dueño era un anciano misterioso, y no lo conocía casi nadie.

—¡Qué pena! —se lamentaba Ana—. Si lo llamaras por su nombre, seguro que dejaba de ladrarte.

Ana se volvía loca por los animales. Sobre todo por los perros y los gatos. Pero hasta una lagartija que saliera al sol en el patio del colegio le interesaba. Lo malo era que no le dejaban tener animales, ni tan siquiera acercarse a ellos, porque le podían contagiar enfermedades.

—Mi padre me ha prometido —le explicó a Mateo— que cuando me ponga buena me va a regalar un perro. O sea, que lo estoy deseando.

Lo decía de manera que parecía que estaba deseando ponerse buena sólo para poder tener un perro. En cambio, él no tendría uno ni por todo el oro del mundo.

Fue el primer año que Mateo se dio cuenta de que había llegado la primavera. Él estaba atento a la llegada del verano, porque les daban las vacaciones y se iban a la playa. Por lo demás, le traía sin cuidado que lloviera o hiciera frío, que fuera invierno u otoño.

Pero aquel año, hacia mediados del mes de mayo, apareció un día Ana Echeverría sin su famoso anorak. Llevaba un vestido que, según todas las niñas, era precioso y le favorecía mucho. También el gorro era distinto, de una tela menos gruesa y de tamaño más reducido. Por la parte de la frente le asomaban algunos mechones muy finos, como si el pelo le empezara a crecer de nuevo. Ese día Mateo se dio cuenta de que Ana era rubia y

de que podía tener razón el director cuando dijo que era una preciosidad.

—Lo odio —le comentó a Mateo, un poco ruborizada por las cosas que le decían sus compañeras sobre lo guapa que estaba.

—¿Qué es lo que odias?

—El anorak. Estoy horrible con él —luego se quedó pensativa y continuó con aire ensoñador—. La primavera es fantástica. ¿A ti te gusta?

—No está mal. Depende —le contestó Mateo, por decir algo.

Entonces Ana le comenzó a explicar la cantidad de cosas que pasaban en primavera relacionadas con pájaros, árboles y flores, y que a ella le parecían maravillosas. A Mateo le dio vergüenza confesarle que ni se había fijado.

—Cuando estaba en el hospital, en una habitación muy pequeña que daba a una calle oscura, sólo soñaba con la primavera. Además, el médico me había dicho que si comía bien y me tomaba las medicinas, en primavera podría ir al colegio y jugar al aire libre.

—¿Tan mal se estaba en el hospital? —se interesó Mateo, admirado de las emociones de la niña.

—Bueno... —se lo pensó, se le iluminó la cara y siguió—: Pero mi médico es fenomenal. Yo de mayor también voy a ser médico.

—¿Ah, sí? Pero entonces te tendrás que pasar la vida en un hospital.

—No me importa; ser médico es lo mejor del mundo.

—Pero para ser médico tendrás que estudiar mucho...

—No me importa tener que estudiar.

Lo cual era cierto. Ana en clase escuchaba con la boca abierta a los profesores y se enteraba de todo lo que decían.

—YO NO ME EXPLICO cómo os lleváis tan bien con lo distintos que sois —le comentó un día Antonio Ramírez.

—Sí —admitió Mateo—; Ana es un poco rara. Fíjate que lo que más le gusta es el colegio, los animales, las flores, y cosas así.

—¿No serás tú el raro? —le replicó Jacinta, que siempre salía en defensa de Ana Echeverría.

—Lo que pasa —concluyó Antonio Ramírez, tan reflexivo como de costumbre— es que después de pasarse un año encerrada en un hospital, todo lo de fuera le parece maravilloso. Hasta el colegio.

LA PRIMAVERA LLEGÓ para todos y, de modo especial, para la madre de Mateo Chamero, que comprobó que había adelgazado ¡quince kilos!

La verdad es que estaba mucho más delgada, daba la impresión de más joven y más guapa, y no cabía en sí de satisfacción.

—Esto hay que celebrarlo —decidió el día en el que la báscula le dio tan buena noticia. Luego miró de reojo a su marido y a su hijo, y les dijo—: Aunque vosotros no sé cómo os las arregláis, porque habéis adelgazado mucho menos que yo.

Mateo y su padre pusieron cara de despistados, para que no les descubriera el secreto. Porque a causa de la manía de la madre, Mateo había descubierto lo agradable que era tener un secreto con su padre.

Los días de colegio, gracias a los bollos que le suministraba Ana, Mateo lograba engañar el hambre. Pero los sábados y domingos no le quedaba más remedio que hacer trampas a la hora de la merienda. Su madre le solía dar un té con un par de galletas medio secas, y él, a continuación, se escapaba con su paga a la pastelería del barrio.

Y una tarde de domingo se encontró a su padre en la misma operación, tomándose un pastelón de nata de los más grandes. Mateo se quedó con la boca abierta y su padre se puso rojo hasta las orejas. Luego, a los dos les entró la risa.

—O sea, que tú también... —le dijo Mateo encantado de pillar a su padre en falta.

—Bueno, sólo los domingos.

—Claro, porque entre semana te forrarás en tu oficina.

—¡Niño! —le reprendió el capitán de los bomberos—. Más respeto a tu padre.

Pero a continuación le invitó a otro pastelón y se juramentaron no decir nada a la madre.

—Y sin abusar, ¿eh? —le advirtió el padre—. Porque tu madre tiene razón. Comemos demasiado y nos conviene adelgazar.

Desde aquel día se traían sus cuchicheos entre ellos. Y en alguna ocasión —por ejemplo, cuando la madre se empeñaba en que cenaran sólo acelgas— el

padre le alargaba, disimuladamente, una tableta de chocolate u otra chuchería por el estilo.

A pesar de todo, también adelgazaron, y por eso la madre decidió que tenían que celebrarlo.

4

—¡GRAN idea! —dijo el padre—. Podemos celebrarlo comiéndonos una paella en un buen restaurante.

—¡Ni hablar de comidas que engordan! —replicó la madre—. Con lo que nos ha costado adelgazar. Estoy dispuesta a haceros un buen regalo con mis ahorros. A ver qué es lo que queréis cada uno.

Mateo se lo pensó, lo comentó con sus amigos, y fue Antonio Ramírez quien le aconsejó:

—Ni lo dudes. Una tienda de campaña.

Porque aquella primavera se había

puesto de moda en el colegio hacer cabañas. La ventaja de aquel barrio, a las afueras de la ciudad, era que tenía muchos árboles y algunos campos sin edificaciones. Era un sitio muy bueno para hacer cabañas con palos, telas y cartones.

—Pero una tienda de campaña —insistió Ramírez— es mucho mejor. Hasta podemos dormir una noche dentro. Y en verano podemos hacer excursiones con ella. ¿Tú crees que te la comprarán?

SE LA COMPRARON. La madre comentó que resultaba un poco cara, pero que la ocasión lo merecía.

Aquel mismo sábado, con ayuda de Ramírez, Mateo la montó en un bosquecillo próximo al colegio, y ambos se quedaron extasiados. Ramírez se había traído un *camping-gas* y se frieron unas salchichas que les supieron mejor que nunca. Para colmo de dichas comenzó a llover, y así pudieron comprobar lo bien que se estaba a su resguardo.

Se dieron cuenta de las grandes posibilidades que ofrecía una tienda así. Pensaron hacer un cobertizo con palos, que les serviría de garaje para las bicicletas.

—Esto puede acabar siendo mejor que una casa —concluyeron ambos—. Y, además, nuestra, sin padres que nos den la lata.

Cuando al día siguiente, lunes, se enteró Jacinta, lo primero que les dijo fue:

—¡Menudos cerdos, no me habéis avisado!

—Sólo era una prueba —se disculpó Mateo—. El sábado que viene la vamos a montar en serio, con garaje y todo. Y a organizar una supermerendola.

Ana les escuchaba con gran fijeza, sin perderse ripio de lo que decían. Mateo, en plan generoso, informó:

—Tú también cabes, es muy grande la

tienda. Si quieres puedes venir. ¿Te apetece?

—Lo que más del mundo, pero no me dejarán.

Como ya sabían que a Ana no le dejaban jugar a nada que le hiciera sudar y pudiera acatarrarse, se quedaron un poco mustios.

—¡Venga! —le animó Jacinta—; en la cabaña no tienes por qué sudar. Además, ya no hace frío.

—Si fuera después de junio... —murmuró Ana nostálgica.

—¿Qué pasa después de junio? —preguntó Mateo.

Después de junio pasarían cosas maravillosas. Le darían de alta y ya no tendría que volver al hospital para la odiosa inyección de los miércoles.

—Será fenomenal —le dijeron los otros tres casi a la vez.

—Además, ya te está saliendo el pelo, ¿verdad? —añadió Mateo para animarla.

—Sí. Un poco —admitió la niña poniéndose colorada.

—¿A que eres rubia? —insistió Mateo.

La niña asintió con la cabeza. Y como si le diera vergüenza, se metió el sombrero hasta las cejas.

—Pues si tú no vas, yo tampoco voy —afirmó Jacinta.

Por lo que los otros decidieron que había que ir a ver a los padres de Ana, para pedirles permiso.

LA MADRE DIJO QUE NO y el padre que sí. Hasta se llegaron a enfadar delante de los tres amigos.

—La niña no se va a pasar todo el día metida en casa porque a nosotros nos dé miedo todo —le dijo el padre a la madre.

—¡Mira, Pedro, que si se acatarra o le pasa algo! —se lamentó ella.

—¿Por qué se va a acatarrar? Ya no estamos en invierno. El tiempo es bueno

—le razonó él—. Además, seguro que estos amigos cuidarán de Ana. ¿Verdad?

Los tres asintieron, y Jacinta, que era la más decidida, habló por los tres:

—Que esté sólo un rato, y si vemos que hace malo o llueve la traemos a casa.

La madre terminó por acceder, pero con muchas condiciones. Entre otras, que tenía que hacer muy buen día, que no se podía quitar los zapatos, ni el sombrero, etcétera, etcétera.

El padre los acompañó hasta la puerta y al despedirlos les dijo:

—Lo importante es que Ana se lo pase bien —y cuando ya estaban en la calle, añadió—: Oye, no sabéis lo que os agradezco que os preocupéis por mi hija. Sois unos tíos estupendos.

Los chavales no supieron qué decir, porque no estaban acostumbrados a que los padres se emocionaran por semejante tontería. Y mucho menos a que les dieran las gracias.

LOS PREPARATIVOS DEL FESTEJO del sábado los tuvo muy entretenidos toda la semana. Ana Echeverría no sabía hablar de otra cosa. No se cansaba de preguntar sobre lo que harían o dejarían de hacer. Si la tienda la montarían al sol o a la sombra. Si habría algún río cerca. Cuestiones que a Mateo le parecían poco interesantes, en comparación con la supermerendola que iban a organizar. Así que le dijo a Ana en plan mandón:

—Si vienes es con la condición de que te comas toda la merienda. Nada de empezar con tus tonterías. ¿Está claro?

—Clarísimo, jefe. Lo prometo —le contestó Ana, al tiempo que le daba un beso en la oreja.

Mateo se quedó de una pieza, porque entre ellos no había esa costumbre. Comentó con los otros dos las rarezas de Ana, y Jacinta, como siempre, la defendió:

—Es que está loca de contento. Ten en cuenta que es la primera vez, en dos años, que va a hacer algo distinto de ir al colegio o al hospital. De todos modos —añadió—, tú no la beses, no vaya a ser que le contagies algo.

Esto lo dijo porque Mateo era bastante despreocupado para lo de lavarse.

—Descuida —le contestó él despectivo—; yo sólo beso a mi madre cuando no me queda más remedio.

Lo cual no era cierto pues Mateo era bastante cariñoso, y poco rencoroso, porque si bien había amenazado a Jacinta con no dejarla entrar en su cabaña si se ponía tonta, pronto se le olvidó. Es más, aquella noche se duchó sin que le obligara su madre, no fuera a ser que Jacinta tuviera razón en lo de los contagios por falta de higiene.

El viernes amaneció cubierto de negros nubarrones, y Ana llegó al colegio demudada.

Lo primero que le dijo a Mateo fue:

—Reza para que mañana haga bueno.

—Pero ¿para eso se puede rezar? —se extrañó el chaval.

—En mi casa rezamos por todo. Bueno —aclaró la niña—, desde que estoy mala.

—Pues entonces yo prefiero rezar para que te crezca el pelo muy deprisa —fue la salida de Mateo, como para corresponder al beso de la oreja.

A Ana le dio una risa muy simpática y Mateo se apartó de ella, no fuera a darle un beso en la otra oreja.

Puestos a rezar, Mateo decidió rezar también para que el dichoso perro desapareciese de su vista. Porque ese mismo viernes, cuando Mateo llegó a su casa, por poco se desmaya. En la puerta había un señor con pinta de extranjero hablando con su madre. Era el dueño del perro ¡y estaba buscándolo! El animal había desaparecido.

Sus relaciones con el animal no habían mejorado nada durante los meses transcurridos. Mateo procuraba pasar por delante del chalé maldito tan silencioso como un piel roja, casi arrastrándose por el suelo. Y el día que conseguía que el perro no advirtiera su presencia, se sentía feliz de la hazaña.

Pero si el perro se daba cuenta de la maniobra, resultaba cien veces peor. Se ponía hecho un energúmeno y sus ladridos taladraban el tímpano del niño. A tanto llegaba la cosa que, en más de una ocasión, a prudencial distancia, Mateo le tiraba piedras. Y una vez que le acertó con un cantazo, el animal lanzó un aullido sobrecogedor, pero desapareció de su vista.

—Yo creo —le explicaba el extranjero a su madre— que me lo habrán robado. Es un perro de raza, muy bueno.

Y les pidió permiso para poner un cartel en el farol que había enfrente de la casa de los Chamero. El cartel decía así:

SE BUSCA PERRO DE RAZA. ATIENDE POR ZOSKA. SE GRATIFICARÁ.

«¡A buenas horas me entero del nombre del bicho ese!», pensó Mateo. Y se puso a rezar para que, efectivamente, se lo hubieran robado al pobre señor y no volviera a aparecer por el barrio.

Pero al poco le entró una gran preocupación. ¿Y si el perro se había escapado y andaba suelto por ahí? Recordó que el profesor de Conocimiento del Medio les había explicado que los animales tenían muy buena memoria, sobre todo para vengarse de los que les habían hecho alguna faena. Había contado la historia de un elefante que destruyó un poblado indígena desde el que le habían lanzado una flecha treinta años antes.

¿Y si el condenado Zoska se acordaba del cantazo que le había atizado y se había escapado para vengarse de él? Ante tan horrible idea, redobló los rezos.

5

EL CASO es que el sábado amaneció un día espléndido. Sin una nube en el horizonte, el aire calmo y la temperatura muy suave. Todo tan agradable que Mateo se olvidó de cualquier cosa que no fuera montar la tienda.

Desde por la mañana, Ramírez y él se afanaron en prepararlo todo con gran esmero. Junto a la tienda levantaron un sombrajo para las bicicletas; de sus casas se trajeron sillas plegables, de las que usaban en la playa, y una sombrilla, por si acaso. Y, por supuesto, el *camping-gas* de Ramírez, más una sartén para hacer perritos calientes y un cazo para guisar chocolate.

Trabajaron un montón, y de vez en cuando le preguntaba Mateo a su amigo:

—¿Tú crees que le gustará a Ana?

—¿Gustarle? —se admiraba el otro—. Le volverá loca.

Así fue. Después de comer apareció Ana de la mano de su padre. El señor se asomó al interior de la tienda y no pudo reprimir un silbido de admiración.

—Os lo vais a pasar bomba —se limitó a decir.

Dio un beso a su hija y se marchó sin hacerle recomendaciones sobre cómo se tenía que portar.

Anduvo unos pocos metros, se volvió y le dijo a su hija:

—¡Que te diviertas mucho!

Y Ana le tiró un beso con la punta de los dedos.

—Es cursi la tía, ¿no? —le comentó Mateo por lo bajo a su amigo.

—¡Jo, macho —le replicó Ramírez—, tú qué sabes de esas cosas!

Al poco llegó Jacinta, que primero se admiró de la tienda y, a continuación, tanto o más, de lo elegante que iba Ana.

Jugaron a todo lo imaginable, siempre que no fuera de correr o sudar, y se lo pasaron de locura. Ana estaba tan feliz que se vio claro que los otros tres no hacían más que discurrir cosas que le gustaran. Por darle gusto hasta se pasaron más de una hora observando unas hormigas que trasladaban pajitas de un lado a otro.

Ana se quedaba embobada mirando los árboles, de hojas muy verdes, o las amapolas que nacían en el ribazo, y a media tarde dijo como si fuera a llorar de la emoción:

—Pero ¿os habéis fijado qué bien huele todo?

—De maravilla —respondieron Jacinta y Ramírez, por seguirle la corriente.

En cambio, Mateo replicó:

—Pues mejor va a oler cuando friamos las salchichas.

—¡Qué tío! —le reprochó Jacinta haciéndose la fina—. No piensas más que en comer.

—Pues yo también tengo hambre.

La que dijo esto fue Ana Echeverría, y a los otros tres les dio un ataque de alegría, pues desde que la conocían sólo le habían oído decir lo contrario.

Se pusieron a cocinar como posesos, y cuando estaban en lo mejor, friendo salchichas y preparando el chocolate, sucedió lo inesperado: unos ladridos que parecían distantes. Distantes para los demás, pero no para Mateo, que los conocía de sobra.

—¡El perro! —exclamó al tiempo que le daba un vuelco el corazón.

—¿Qué perro? ¿Qué perro? —preguntaron los otros, que se habían olvidado de los problemas de Mateo.

—¡Pues cuál va a ser! —gritó éste asomándose fuera de la tienda.

Los otros le siguieron y pudieron ver a un gigantesco animal que corría enlo-

quecido hacia ellos. La culpa de lo que sucedió a continuación la tuvo Jacinta. Después dijo que le había parecido ver espuma en su boca y que por eso había gritado:

—¡Está rabioso!

El caso es que echaron a correr y no pararon hasta la cercana puerta del colegio. Y allí, jadeantes, se dieron cuenta de que se habían escapado todos... menos Ana.

¡Ana a merced de un perro rabioso que sólo con que la mirase le contagiaría la rabia!

A igual velocidad retornó Mateo a la cabaña, justo en el momento que el animal se aproximaba a la niña. Ésta permanecía muy quieta, con una silla en la mano, como para protegerse. Y a Mateo lo único que se le ocurrió fue ponerse a cuatro patas y corresponder con toda la furia que pudo a los ladridos del perro.

Esto lo había leído una vez en un tebeo, que lo aconsejaba como remedio

para asustar a los perros. Mateo había pensado que aquello era una chorrada y nunca se le había ocurrido ponerlo en práctica. Pero en aquella situación extrema decidió intentarlo.

De momento consiguió que el perro, sorprendido, dejase de ladrar. Dentro del terror que sentía Mateo, eso le animó, y redobló sus ladridos. El animal hasta retrocedió un par de pasos, pero pronto cambió de opinión y se aproximó a Mateo. A éste, del miedo, se le secó la garganta y no pudo seguir ladrando.

Se hizo el silencio, que a Mateo le pareció que duraba siglos, y, a continuación, el perro le olfateó de arriba abajo, le chupó un zapato y se lanzó... sobre las salchichas que acababa de freír Ramírez.

MATEO SE ENDEREZÓ, tomó a Ana de la mano, y muy despacito se fueron hacia el colegio. Al principio la niña estaba temblorosa, aunque luego dijo que era de la emoción, pues nunca le habían pasado tantas cosas en un día. Desde el colegio llamaron por teléfono a casa de Chamero, y al poco apareció el dueño de Zoska, que seguía relamiéndose con las salchichas.

Resultó ser un señor francés, que no cabía en sí de la alegría por recuperar a su perro. El francés era un caballero finísimo, que les pidió muchas disculpas. Además, les explicó que Zoska era sólo un cachorro de pocos meses y por eso le gustaba jugar.

—A mí me parece un poco grande para ser un cachorro —le dijo Mateo, que seguía mirando con recelo al animal. Aunque el dueño lo tenía sujeto con una correa al cuello.

—Sí, sí, cachorro —insistió el señor—. Luego, más grandes todavía.

—¿Y también ladran más? —se espantó Mateo.

—¡Ja, ja, ja! —se rió el señor—. No,

no, ahora ladra más. Por jugar. Luego, de mayor, ladra menos.

Volvió a disculparse y les explicó que la culpa de que ladrara tanto era suya. Por tenerlo todo el día encerrado. Y por esa misma razón se había escapado.

—Desde mañana, todos los días lo sacaré a pasear.

—O sea —le dijo Jacinta a Mateo cuando se despidió el francés—, que eres un miedica. ¿No te da vergüenza tener miedo de un cachorro?

Y la que saltó fue Ana Echeverría:

—De miedica nada, que todos creíamos que era un perro rabioso y fue él quien se le enfrentó.

A Mateo le pareció muy bien que su amiga le defendiera, y como no le apetecía discutir con Jacinta, dijo:

—Dejaos de líos. Mañana repetimos. Y, además de la sartén, nos vamos a traer un aparato que sirve para hacer tortitas con nata.

Y repitieron de todo. Hasta de aventura con Zoska, que volvió a aparecer al olor de las salchichas. Pero esta vez venía acompañado de su dueño, que les dio una sorpresa:

—Tomad. La gratificación. Diez mil pesetas.

Los chavales pensaban que les estaba tomando el pelo y el francés les tuvo que explicar:

—Yo puse un cartel diciendo: «Se gratificará». Vosotros lo habéis encontrado. El dinero es vuestro.

—Oiga, ¿no será demasiado? —preguntó Antonio Ramírez.

—No. Este perro es muy caro. Vale lo menos cien mil pesetas. Yo os doy el diez por ciento. Es lo justo.

—Vale —admitió Ramírez y, dirigiéndose a sus amigos, preguntó—: ¿Vosotros creéis que nos llegará para comprarnos otra tienda de campaña?

Y comenzaron a hacer planes sobre la cantidad de cosas que podrían hacer si tuvieran dos tiendas de campaña.

ZOSKA SEGUÍA LADRÁNDOLE a Mateo cuando éste pasaba por el chalé, pero era de alegría, porque el chico en vez de piedras le alargaba trocitos de salchicha o de carne.

—¡Qué suerte tienes de que un perro tan precioso sea amigo tuyo! — le dijo un día Ana Echeverría.

—Cuando llegue junio y te pongas buena del todo —le animó Mateo—, tú también podrás jugar con él.

Y sin pedirle permiso le quitó el gorro, porque el pelo rubio con mechas castañas le llegaba ya hasta las orejas.

EL BARCO DE VAPOR

SERIE AZUL (a partir de 7 años)

1 / *Consuelo Armijo,* **El Pampinoplas**
2 / *Carmen Vázquez-Vigo,* **Caramelos de menta**
4 / *Consuelo Armijo,* **Aniceto, el vencecanguelos**
5 / *María Puncel,* **Abuelita Opalina**
6 / *Pilar Mateos,* **Historias de Ninguno**
7 / *René Escudié,* **Gran-Lobo-Salvaje**
10 / *Pilar Mateos,* **Jeruso quiere ser gente**
11 / *María Puncel,* **Un duende a rayas**
12 / *Patricia Barbadillo,* **Rabicún**
13 / *Fernando Lalana,* **El secreto de la arboleda**
14 / *Joan Aiken,* **El gato Mog**
15 / *Mira Lobe,* **Ingo y Drago**
16 / *Mira Lobe,* **El rey Túnix**
17 / *Pilar Mateos,* **Molinete**
18 / *Janosch,* **Juan Chorlito y el indio invisible**
19 / *Christine Nöstlinger,* **Querida Susi, querido Paul**
20 / *Carmen Vázquez-Vigo,* **Por arte de magia**
23 / *Christine Nöstlinger,* **Querida abuela... Tu Susi**
24 / *Irina Korschunow,* **El dragón de Jano**
28 / *Mercè Company,* **La reina calva**
29 / *Russell E. Erickson,* **El detective Warton**
30 / *Derek Sampson,* **Más aventuras de Gruñón y el mamut peludo**
31 / *Elena O'Callaghan i Duch,* **Perrerías de un gato**
34 / *Jürgen Banscherus,* **El ratón viajero**
35 / *Paul Fournel,* **Supergato**
36 / *Jordi Sierra i Fabra,* **La fábrica de nubes**
37 / *Ursel Scheffler,* **Tintof, el monstruo de la tinta**
39 / *Manuel L. Alonso,* **La tienda mágica**
40 / *Paloma Bordons,* **Mico**
41 / *Hazel Townson,* **La fiesta de Víctor**
42 / *Christine Nöstlinger,* **Catarro a la pimienta (y otras historias de Franz)**
44 / *Christine Nöstlinger,* **Mini va al colegio**
45 / *Russell Hoban,* **Jim Glotón**
46 / *Anke de Vries,* **Un ladrón debajo de la cama**
47 / *Christine Nöstlinger,* **Mini y el gato**
48 / *Ulf Stark,* **Cuando se estropeó la lavado**
49 / *David A. Adler,* **El misterio de la casa enca- tada**
50 / *Andrew Matthews,* **Ringo y el vikingo**
51 / *Christine Nöstlinger,* **Mini va a la playa**
52 / *Mira Lobe,* **Más aventuras del fantasma de pa- lacio**
53 / *Alfredo Gómez Cerdá,* **Amalia, Amelia y Em- lia**
54 / *Erwin Moser,* **Los ratones del desierto**
55 / *Christine Nöstlinger,* **Mini en carnaval**
56 / *Miguel Ángel Mendo,* **Blink lo lía todo**
57 / *Carmen Vázquez-Vigo,* **Gafitas**
58 / *Santiago García-Clairac,* **Maxi el aventurer**
59 / *Dick King-Smith,* **¡Jorge habla!**
60 / *José Luis Olaizola,* **La flaca y el gordo**
61 / *Christine Nöstlinger,* **¡Mini es la mejor!**
62 / *Burny Bos,* **¡Sonría, por favor!**
63 / *Rindert Kromhout,* **El oso pirata**
64 / *Christine Nöstlinger,* **Mini, ama de casa**
65 / *Christine Nöstlinger,* **Mini va a esquiar**
66 / *Christine Nöstlinger,* **Mini y su nuevo abuelo**
67 / *Ulf Stark,* **¿Sabes silbar, Johanna?**
68 / *Enrique Páez,* **Renata y el mago Pintón**
69 / *Jürgen Banscherus,* **Kiatoski y el robo de los chicles**
70 / *Jurij Brezan,* **El gato Mikos**
71 / *Michael Ende,* **La sopera y el cazo**
72 / *Jürgen Banscherus,* **Kiatoski y la desaparición de los patines**
73 / *Christine Nöstlinger,* **Mini, detective**
74 / *Emili Teixidor,* **La amiga más amiga de la hormiga Miga**
75 / *Joel Franz Rosell,* **Vuela, Ertico, vuela**
76 / *Jürgen Banscherus,* **Kiatoski y el caso del tiovivo azul**
77 / *Bernardo Atxaga,* **Shola y los leones**
78 / *Roald Dahl,* **El vicario que hablaba al revés**

/ *Santiago García-Clairac,* **Maxi y la banda de los Tiburones**

/ *Christine Nöstlinger,* **Mini no es una miedica**

/ *Ulf Nilsson,* **¡Cuidado con los elefantes!**

/ *Jürgen Banscherus,* **Kiatoski: Goles, trucos y matones**

/ *Ulf Nilsson,* **El aprendiz de mago**

/ *Anne Fine,* **Diario de un gato asesino**

/ *Jürgen Banscherus,* **Kiatoski y el circo maldito**

/ *Emili Teixidor,* **La hormiga Miga se desmiga**

/ *Rafik Schami,* **¡No es un papagayo!**

88 / *Tino,* **El cerdito Menta**

89 / *Erich Kästner,* **El teléfono encantado**

90 / *Ulf Stark,* **El club de los corazones solitarios**

91 / *Consuelo Armijo,* **Los batautos**

92 / *Dav Pilkey,* **Las aventuras del Capitán Calzoncillos**

93 / *Anna-Karin Eurelius,* **Los parientes de Julián**

94 / *Agustín Fernández Paz,* **Las hadas verdes**

95 / *Carmen Vázquez Vigo,* **Mister Pum**

96 / *Gonzalo Moure,* **El oso que leía niños**

97 / *Mariasun Landa,* **La pulga Rusika**